Tc^{52}_4

D'UNE ALTÉRATION

DU

LAIT DE VACHE,

DÉSIGNÉE SOUS LE NOM

DE LAIT BLEU.

PAR P. CHABERT,

Directeur de l'École impériale vétérinaire d'Alfort ; de la Légion d'Honneur ; Correspondant de l'Institut national ; de la Société impériale d'Agriculture , etc.

ET C. M. F. FROMAGE,

Professeur à l'École impériale vétérinaire d'Alfort ; de l'Athénée d'Alençon , de la Société d'Agriculture et de Commerce de Caen , etc.

A PARIS,

Chez A.-J. Marchant , Imprimeur, et Libraire pour l'Agriculture , rue des Grands-Augustins , n°. 12.

Germinal an XIII (1805.)

LIVRES NOUVEAUX

Qui se trouvent à la même adresse.

Supplément au Cours d'Agriculture de Rozier, ou tomes XI et XII, 30 fr.

Du pommier, du poirier et du cormier, considérés dans leur histoire, leur physiologie et les divers usages de leurs fruits, de leurs cidres, de leurs eaux-de-vie, de leurs vinaigres, etc. etc. 2 vol. *in-12.* 3 fr. 60 c., et 4 fr. 60 c. par la poste.

Principes d'Agriculture et d'Économie, appliqués, mois par mois, à toutes les opérations du Cultivateur dans les pays de grande culture. *in-8º.* 3 fr. 60 c., et 4 fr. 50 c. par la poste.

Lettre au Cit. François (de Neufchâteau) sur le Robinier; par F. C. Medicus. *in-12.* 60 c., et 75 c. par la poste.

Cou s complet sur la culture du pêcher et autres arbres à fruit; par M. Lemoine. *in-12.* 1 fr. 25 c., et 1 fr. 50 c. par la poste.

Traité général des prairies et de leurs irrigations; ouvrage orné de planches et de plans de diverses machines pour élever les eaux à peu de frais. Par M. d'Ourches. 4 fr. 50 c., et 5 fr. 50 c. par la poste.

La Richesse des Cultivateurs, ou Dialogues entre Benjamin Jachère et Richard Trèfle, laboureurs, sur la culture de la Luzerne, du Trèfle et du Sainfoin : traduit et commenté de l'allemand par M. Barbé-Marbois, Ministre du trésor public. Ouvrage qui sert de manuel aux cultivateurs des deux rives du Rhin. Paris, an 11. *in-8º.* 2 fr., et 2 fr. 75 c. par la poste.

Instruction sur la manière de gouverner les Abeilles; ouvrage qui a obtenu le premier *accessit* de la Société d'Agriculture du département de la Seine. Par P.-E. Serain. *in-8º.* an 11. 2 fr. 40 c., et 3 fr. par la poste.

De l'Art de faire le vin; par Ad. Fabroni; ouvrage couronné par l'Académie économique de Florence. *in-8º.* avec tableaux et figures. 3 fr., et 4 fr. par la poste.

Traité sur les Bêtes à laine d'Espagne, leur éducation, leurs voyages, la tonte, le lavage et le commerce des laines, les causes qui donnent la finesse aux laines. Par M. Lasteyrie. *in-8º.* fig. 4 fr., et 5 fr. 25 c. par la poste.

Traité sur les prairies artificielles; avec la culture de dix plantes qui ne se trouvent pas dans Gilbert. On y a joint la description d'une machine simple, indispensable dans les grandes exploitations, avec laquelle on coupe facilement par heure soixante boisseaux de racines destinées à la nourriture des bestiaux; par Cretté-Palluel. Paris, an 9. *in-8º.* avec 3 pl. 4 fr., et 5 fr. 50 c. par la poste.

De l'eau relativement à l'économie rustique, ou Traité de l'irrigation des Prés; par J. Bertrand. *in-12.* avec 8 planches. 1 fr. 50 c., et 1 fr. 90 c. par la poste.

DE
QUELQUES ALTÉRATIONS
DU
LAIT DE VACHE,
ET PRINCIPALEMENT
DU LAIT BLEU.

LE lait, qui, dans la nature, n'est destiné qu'à servir à la subsistance des jeunes mammifères depuis leur naissance jusqu'à ce qu'ils soient assez développés pour y pourvoir d'eux-mêmes, est devenu dans la société une branche assez considérable de commerce, soit comme lait, soit comme beurre, comme fromage etc.; ces denrées sont aujourd'hui de première nécessité, et ce sont principalement les vaches qui ont la tâche de nous en fournir l'approvisionnement.

A 2

Mais, comme tout ce qui respire, elles sont soumises à mille influences diverses qui, dérangeant leur économie, tantôt diminuent de beaucoup la sécrétion du lait, quelquefois la font cesser tout-à-coup; d'autres fois occasionnent un changement fâcheux dans les proportions de ses parties constituantes, et causent une altération dans la couleur, la consistance de ce liquide, au point de lui faire perdre les qualités qui le rendent agréable, nourrissant; de sorte qu'il ne fournit pas autant de fromage et sur-tout autant de beurre, ou qu'ils sont mauvais et difficiles à conserver.

La plupart de ces altérations n'ont point encore fait suffisamment l'objet des observations de la Chimie et de l'Hygiène; elles n'ont pas même été bien examinées par les Cultivateurs, et c'est pour leur obtenir une attention bien méritée, que nous allons rapporter ici quelques faits qui sont à notre connaissance.

Nous allons nous occuper principalement du lait bleu.

CHAPITRE PREMIER.

Phénomène du Lait bleu ; inquiétudes et pertes qu'il occasionne.

On donne le nom de *lait bleu*, ainsi que le mot l'indique, au lait dont la crême, quelquefois même le caillé et le petit-lait, ont une couleur bleue; cependant cette couleur a paru verte à quelques personnes. Au jugement de ceux qui ne sont pas capables de reconnaître des signes peu prononcés d'altération, le lait qui vient d'être trait paraît avoir la couleur, l'odeur et le goût ordinaires.

M. de Chaumontel, Professeur à l'École Impériale Vétérinaire d'Alfort, a observé ce phénomène aux environs de Caen, Département du Calvados, et à Ythsoa dans le Holstein; M. Berthelot Vétérinaire, à Doué, Département de Maine et Loire ; et M. Carville Vétérinaire, à Cirrey près d'Evreux, Département de l'Eure. MM. Aubery, Vétérinaires, M. Fromage, Professeur, et feu M. Duval, Vétérinaire, l'ont vu aux environs de Bolbec ; M. Maletras, à Houquelot, près du Havre ; enfin, depuis long-tems M. Chabert, Directeur de l'École Vétérinaire, reçoit beaucoup de consultations à ce sujet.

Du moins le lait bleu ne fait point diminuer communément la quantité de la traite.

On assure qu'il est du lait bleu qui n'a d'autre changement que dans sa couleur, et qui donne de bon beurre et de bon fromage ; mais celui dont la couleur bleue est suivie de changement fâcheux, devient terne peu de tems après avoir été trait ; il fournit moins de crême et elle se couvre bientôt de points bleus, soulevés, grands comme des lentilles, sur lesquels on remarque de petits poils comme un duvet. Quelquefois en outre il se développe dans les taches bleues un nombre infini de petits vers blancs, semblables, dit-on, à ceux que l'on remarque sur la viande. Il arrive encore qu'au lieu des mouchetures dont on vient de parler, toute la surface devient bleue tout-à-coup, et forme comme une pellicule plus ou moins épaisse, de couleur de l'empois bleu. En été, le bon lait ne se caille sans présure que vingt-quatre heures après avoir été trait ; celui-ci tourne spontanément au bout de douze et même de huit heures. Cependant il faut quelquefois trois jours pour que le lait bleu soit à son comble. Le caillé ou fromage en est beaucoup moins lié ; il est mou, dégoûtant, et ressemble à du fromage aux herbes, ou à celui que l'on fait en hiver lorsqu'on fait chauffer les terrines. On en tire le petit-lait avec peine, de sorte que le fromage est plus difficile à faire et sur-tout à faire sécher.

Le beurre qu'on retire généralement du lait bleu est huileux et a une odeur de pourri ; les vers s'y développent en assez peu de tems. Le serum ou petit-lait y excède toujours les proportions ordinaires.

On voit ailleurs encore du lait qui est onctueux, semblable à de la graisse d'oie, et dont le petit-lait ressemble à une forte décoction de guimauve. En le remuant avec le doigt, il le suit comme ferait à peu près de l'huile ou du blanc d'œuf ; en le versant de haut, il file et tombe sans bruit.

Quelqu'un ayant recueilli dans des vases

parés le lait de chaque vache, un tiers des ...rines avait la couche de crême ordinaire, et le lait bleu n'était pas au même degré dans les autres. Ailleurs, sur dix vaches on en a vu deux seulement donner du lait bleu.

En hiver, les vaches étant dans un état de plénitude avancée, elles ne donnent pas de lait.

Le lait bleu se manifeste au commencement du printems, en automne, et sur-tout en été. Il dure huit jours, un mois et même cinq ou six mois.

Dans quelques circonstances, toutes les vaches d'une contrée en sont attaquées à la fois. La plupart, aux yeux des Cultivateurs, ne montrent point de signes d'incommodité; elles boivent et mangent bien, et sont même en embonpoint.

Cependant il en est qui sont un peu dégoûtées et qui maigrissent. On en voit qui sont deux jours sans donner de lait, soit avant, soit après l'accident.

Elles donnent du lait bleu à tout âge.

Quelques bêtes achetées au dehors n'en donnent pas; d'autres en donnent au bout de huit jours d'achat.

Quelques particuliers regardent que cela est contagieux. Il est des Cultivateurs qui séparent les vaches qui donnent du lait bleu, dès qu'ils s'en apperçoivent, et qui évitent de les faire pâturer en commun. Le lait bleu cesse; et souvent il revient, si on les remet avec les autres.

Quelqu'un acheta de son voisin une vache qui donnait du lait bleu; ayant remarqué que ce lait gâtait celui de toutes ses vaches, il la fit traire séparément : le lait bleu ne cessant pas, on la sécha et elle fut engraissée.

La crème et le lait de beurre ou lait baratté participent à cette altération.

M. de Chaumontel, Professeur, a vu dans les vaches le lait bleu paraître en même tems que l'ictère ou jaunisse. La conjonctive, la

membrane de la bouche, et toutes les parties
où la peau est appercevable, étaient jaunes;
les bêtes avaient l'air triste ; elles étaient
faibles, leur peau était sèche, leur poil pi-
qué, leurs excrémens durs et noirs, leurs
urines crues et rares; elles avaient le pouls
dur et plein.

On dit qu'on diminue le développement du
lait bleu, en frottant avec du sel de cuisine
les parois des vases dans lesquels on trait le
lait.

La mort n'ayant jamais lieu en pareil cas,
on n'a pas observé de lésions dans les parties
intérieures. Les vaches qu'on tue pour la
boucherie sont toujours coupées de lait trois
mois avant d'être sacrifiées ; ainsi l'on n'a pu
rien recueillir sur l'altération des organes in-
térieurs.

La première plainte parvenue à l'École
Vétérinaire sur le lait bleu fut adressée par
M. Letellier, Apothicaire à Evreux, Département de l'Eure, qui annonça que ce phénomène s'était montré chez les Religieuses de
l'Abbaye St. Sauveur, depuis le 12 jusqu'au
19 Juillet 1787.

Dans le pays de Caux, il y a des vieillards qui se souviennent d'avoir vu cet accident il y a soixante ans au moins; d'autres le regardent comme existant depuis un tems immémorial.

Mais on assure que ses ravages sont plus multipliés depuis douze à quinze ans.

Les Cultivateurs ont généralement peine à se persuader que les pertes qu'ils éprouvent puissent être attribuées à des choses physiques ou naturelles; ils les imputent le plus communément à la malice de leurs ennemis; ils croient que des personnes mal intentionnées sèment dans les pâturages des poudres malfaisantes ; d'autres pensent qu'on fait avaler des bols empoisonnés aux animaux : il est même des personnes qui assurent avoir surpris des malfaiteurs en flagrant délit.

Quelques-uns regardent comme causes des accidens, les plantes vénéneuses qui se trouvent dans les pâturages, et le mélange des substances dans lesquelles les faucheurs trempent la pierre qui leur sert à aiguiser leur faux.

Enfin, les fermiers se plaignent que leurs vaches sont ensorcelées ; qu'il y a un crapaud placé dans quelque point de l'étable ou ailleurs ; et si les vaches, en galoppant, courent plus vîte lorsqu'elles passent dans un endroit du pâturage, on dit que c'est là que le sort est caché. Ainsi l'on pense qu'une sorcellerie d'un ordre supérieur peut seule dissiper les effets de celle qui cause le lait bleu.

Les Cultivateurs qui demeurent près des villes peuvent y faire vendre leur lait, lorsqu'il n'est point altéré étant frais. En général, les *nourrisseurs* ne le consomment qu'avec répugnance ; ils donnent aux porcs, aux chiens les terrines les plus gâtées ; quelquefois même ces animaux n'en veulent pas ; de manière qu'on est obligé d'en perdre une grande partie.

Le beurre étant mauvais, on n'en vend jamais qu'une fois au même marchand.

Des fermiers ne pouvant ainsi obtenir de beurre, ou le faisant toujours de mauvaise qualité, ont renoncé à entretenir des vaches, et leurs inquiétudes, leurs pertes leur ont fait abandonner la culture.

Feu M. Duval, Vétérinaire à Bolbec, estimait que la perte pouvait s'élever annuellement à 60,000 fr. par dix lieues quarrées; on ne peut nier du moins que cet accident ne soit bien préjudiciable.

Il nous a paru en conséquence que ce serait rendre un véritable service que de tranquilliser les Cultivateurs sur ce phénomène, et de rechercher les causes naturelles dont la connaissance doit conduire aux moyens raisonnables de faire cesser le mal.

CHAPITRE II.

Causes naturelles du lait bleu.

PARAGRAPHE PREMIER.

Étables, laiteries, vases.

Les laiteries sont communément situées au nord, derrière les maisons, mal aérées; l'égout de la laverie de la vaisselle, qui en est souvent voisin, donne lieu à des exhalaisons infectes. Cependant on a remarqué que ce n'est point dans les laiteries les plus insalubres que le lait bleu se développe plutôt.

Le lait, au sortir des trayons, a été déposé dans d'autres locaux, tels que granges, étables, caves, etc., même chez les voisins où le lait bleu n'existait pas, et il s'est montré de même.

Le lait des voisins mis dans la laiterie où se formait le lait bleu n'a point eu d'altération. Les vaches ont été mises dans d'autres étables, sans que l'accident ait cessé. Les vases sont par-tout de la même matière et de la même forme, et le lait n'est pas altéré généralement.

PARAGRAPHE II.

Domestiques.

On a vu le lait bleu exister dans une laiterie et avec des vaches soignées par une femme très-propre, âgée de 62 ans.

On a conseillé à un particulier de traire ses vaches lui-même, et d'interdire aux femmes l'entrée de l'étable et de la laiterie : cependant, le lait bleu a paru de même.

Il en est qui sont d'avis que les affections maladives du vacher ou de la laitière, telles que des dispositions scorbutiques ou scrophuleuses, sont capables de déterminer l'altération du lait.

PARAGRAPHE III.

Nature du sol, et culture.

Le sol du pays de Caux est une terre brune, d'argile et d'*humus*, sur un fond totalement argileux : les terres sont cultivées en trois parties égales, l'une en blé, l'autre en avoine, et moitié de la dernière en trèfle ; l'autre moitié de cette partie, en pois, vesce, lin et terre de repos. Sur cette dernière on sème de la vesce, dans laquelle on mêle un peu de rabette : on enfouit l'une et l'autre lors du labour à blé. Moyennant cette succession, tous les trois ans on récolte du blé, ainsi que l'avoine, sur le même terrein, et tous les six ans le trèfle.

PARAGRAPHE IV.

Alimens.

Une vache faisait du lait bleuâtre ; M. Malétras, Vétérinaire, reconnut que c'est parce qu'elle s'était abreuvée d'une eau saturée d'indigo : le lait bleu disparut quelque tems après.

De même que la garance teint les os en rouge , le mélilot ou lothier odorant à fleurs d'un bleu violet , scrait-il capable de causer le lait bleu ?

Le fromage bleu de Sassenage , en Dauphiné, doit-il cette couleur au trèfle odorant à fleur bleue que mangent les animaux, ou n'est-ce pas plutôt au mode de fermentation qu'il éprouve en se perfectionnant?

Dans le Département de la Seine-inférieure, les vaches sont nourries au sec à l'étable depuis la fin de Frimaire jusqu'au commencement de Germinal. On leur donne à discrétion de la paille d'avoine : quelques Cultivateurs

vateurs font entrer dans la ration un peu de
pain de rabette d'où l'on a tiré l'huile.

Les vaches sortent à midi pour aller boire
aux marres.

L'avoine a éprouvé un long javelage qui,
enlevant à la paille la plus grande partie de
ses sucs, la rend très-peu nourrissante.

La paille de blé et le foin de trèfle sont
pour les chevaux : on n'en donne aux vaches
qu'à l'époque du vêlage, ou quand elles ont
quelque indisposition.

Elles vèlent jusqu'en Avril. Quelques-unes
n'éprouvent pas de souffrance apparente jusqu'au vêlage : cependant il en est qui se dé-
goûtent et qui maigrissent pendant l'hiver.

Elles ont pour maladie habituelle le *clou*.
La peau est dure et resserrée; on remarque
une très-grande sensibilité aux reins lorsqu'on
les comprime; cet état est l'avant-coureur de
la phthisie pulmonaire ou *pommelière*, dont
nous avons traité dans le Supplément au Dic-
tionnaire d'Agriculture de Rozier.

B

On engraisse les vaches de pouture en hiver. Elles sont la plupart très-difficiles à engraisser, quoiqu'on les soigne, qu'on les nourrisse bien et long-tems. Le plus souvent on est obligé de les vendre aux bouchers sans être grasses.

On ne mange communément que de mauvaise viande de vache dans le pays de Caux. Les pâturages sont élevés ; le fonds n'en est nullement marécageux. Les prairies naturelles sont très-rares : on n'en voit que sur les bords de la Seine, ou des rivières qui arrosent le pays.

La nourriture au vert commence vers le 1er de Germinal. Un pâtre ou gardien conduit les vaches sur les fonds dont jouit son maître, dans les hautes futaies, le long des chemins, le long des fossés, dans les landes et lieux incultes, où elles trouvent du jonc-marin ou genêt épineux. On les mène ensuite dans les *pâtis*, c'est-à-dire, les jachères qui n'ont pas été retournées, et qui sont destinées à recevoir les lins.

Elles ne sont mises dans les trèfles que

quand ils ont atteint huit à neuf pouces de hauteur. On les y attache avec un licol, ou par les cornes au moyen d'une longe de trois brasses fixée à un pieu, et l'on avance de tems en tems ce pieu dans la pièce de trèfle à pâturer.

Les regains des trèfles, excepté la portion qu'on réserve pour la graine, sont pâturés de même, ce qui dure jusqu'à la récolte des blés.

Cependant lorsque la vesce vient mal, on la fait pâturer en vert, et, en place, on tâche de faire une récolte plus considérable de trèfle.

Le trèfle dont on fait du foin n'a point été pâturé par les vaches. Après la récolte on met les vaches dans les chaumes des blés, et dans ceux des avoines où l'on n'a pas semé de trèfle. Elles y trouvent de l'herbe pour se nourrir, ordinairement jusqu'à la fin de Frimaire. Alors on les rentre dans les vergers, les enclos.

Dans l'été elles boivent aux mares jusqu'à

B *

ce qu'elles soient à sec, ou que l'eau en soit décomposée, puante. Alors on va chercher de l'eau dans des tonneaux aux fontaines, aux rivières.

C'est en Prairial et en Fructidor que le lait bleu paraît, et il cesse communément en automne : cependant on assure qu'il est des fermes dans lesquelles on le voit encore l'hiver.

Il y a des particuliers qui sèment du plâtre sur leurs trèfles, et dont les vaches donnent du lait sans altération. Mais il est aujourd'hui des Propriétaires qui y sèment plus volontiers de la cendre.

Une pièce de trèfle cause le lait bleu, et il cesse dans une autre.

On a vu deux fermes attenantes, également situées, cultivées également, dans l'une desquelles on trouvait le lait bleu, tandis que dans l'autre il n'existait pas.

Une ferme a ses vaches exemptes du lait

bleu, tandis qu'il règne dans toutes celles qui l'environnent.

Le lait bleu cessa dans une vache qui fut mise chez un particulier dont les vaches n'en donnaient pas.

Il en est qui sont exemptes, quoique pâturant avec d'autres qui en sont affectées. Cependant il est ordinaire de voir les vaches d'une ferme avoir toutes le lait bleu en même tems, et cesser aussi ensemble d'en donner.

M. Berthelot, Vétérinaire, avait soupçonné que le lait vert pouvait venir de ce que des Cultivateurs nourrissaient leurs bestiaux plusieurs jours de suite avec les sarclures des blés dans lesquelles il entrait beaucoup de coquelicot; mais il a reconnu qu'ordinairement cette plante, quoique narcotique, ne produit pas chez eux la moindre indisposition.

PARAGRAPHE V.

Météores.

Les vents, les orages, les températures

chaudes, sèches ou humides , peuvent-ils être mis au nombre des causes du lait bleu ?

Les fluides électrique, galvanique , magnétique , doivent-ils y être comptés pour quelque chose ?

Enfin le lait bleu ne se remarque-t-il que dans les endroits assez voisins de la mer ? Les différentes qualités du levain , présure, nommée *tournure* dans le pays de Caux , soit à cause de l'âge du veau d'où vient la caillette, soit à cause de son degré de salaison , soit à cause de son ancienneté , peuvent-elles contribuer à causer ou à augmenter le lait bleu ?

Nous invoquons sur tous ces points les lumières des savans et des amis de l'agriculture.

Enfin le lait bleu cesse sans qu'on y fasse rien , et il est plusieurs années sans reparaître, quoique ce soient les mêmes vaches et les mêmes domestiques.

Il y a plus , on a remarqué que les vaches laitières ont quelquefois été maigres deux an-

nées de suite, par la rareté des fourrages, sans
que le lait bleu se soit déclaré.

D'après ces faits, le lait bleu nous paraît
être une véritable maladie, puisqu'il y a altération dans le produit des phénomènes de
la vie.

La sécrétion du lait étant une de celles qui
coûtent le moins à la nature, elle peut éprou-
ver un dérangement remarquable sans que la
bête soit bien malade; aussi les symptômes
n'en sont-ils pas faciles à saisir par les personnes dénuées de connaissances en économie animale.

Mais cette disposition existant une fois, elle
peut admettre d'autres causes maladives qui
souvent deviennent bien désastreuses, et qui
sans cette prédisposition n'auraient point eu
d'effets fâcheux.

Cet accident nous semble dû à une plé-
thore de sucs nourriciers que les organes
affaiblis peuvent bien recevoir, mais qu'ils
sont incapables d'élaborer convenablement.
Elle est plus marquée dans les années où il

y a eu disette l'hiver, et abondance subite au printems. Elle peut ne pas paraître lorsque les alimens verts sont en petite quantité, parce qu'il n'y a pas de passage brusque de la disette à l'abondance. L'air vicié des étables dans lesquelles les vaches sont entretenues pendant l'hiver, ajoute aussi à leur affaiblissement.

Les grandes chaleurs subites sur des terreins à mi-côtes qui reçoivent directement les rayons solaires, contribuant beaucoup à troubler l'économie animale, peuvent concourir à produire le lait bleu, sur-tout si l'éloignement des pâturages oblige les animaux à franchir une distance pénible pour y arriver.

Dans tous ces cas, le chile étant mal préparé lorsqu'il est admis par les vaisseaux absorbans, se trouve mal élaboré par le poumon épuisé; il est ensuite porté par des artères affaiblies qui n'assimilent plus, qui n'incorporent plus les sucs; il ne parvient aux glandes mammaires que commes des matériaux imparfaits; et de là il sort un liquide qui n'est plus précisément du lait, puisqu'il n'en con-

tient pas tous les bons principes. Dans d'autres
sujets, un autre mode de distribution dans
la force tonique peut aussi les faire tendre à
la graisse, dont on sait que la sécrétion empêche celle du lait.

Du reste, le trèfle n'est pas le seul aliment
qui occasionne le lait bleu; on l'a vu aussi
dans des cantons où les pâturages sont com-
posés en plus grande partie de pimprenelle,
de paquerette, de reine-des-prés, enfin de
graminées en pleine vigueur.

Dans ces circonstances, s'il est des vaches
dont le lait ne soit pas altéré, c'est parce
qu'elles sont nées de mères non épuisées, et
qu'elles n'ont pas encore assez souffert de la
sécrétion continue du lait.

Les altérations du lait se remarquent aussi
aux environs de Paris, où l'on nourrit les
vaches toujours à l'étable. Ces altérations
viennent, en hiver, de l'insuffisance des alimens peu nourrissans qu'on leur donne; et
au printems comme en été, des alimens verts
qui relâchent les organes, et qui les chargent
d'un excès de sucs qu'ils ne peuvent élaborer,
ainsi que nous venons de le dire.

CHAPITRE III.

Observations chimiques qui peuvent avoir quelques rapports au phénomène du lait bleu.

« On a remarqué, dit M. de Fourcroy, que le lait fournissait plus promptement sa crême en été qu'en hiver, parce que la chaleur, en donnant plus de fluidité à tous les principes de ce liquide, leur permet de prendre la place qui leur convient en raison de leur pesanteur spécifique. Cependant il ne faut pas que cette chaleur soit trop forte ni trop subite; car alors l'équilibre de proportion entre les élémens change, et il se produit souvent un acide qui coagule la partie caséeuse, avant que le beurre ait eu le tems de se séparer. C'est le phénomène que fait naître l'orage, et que les fermiers redoutent tant pour leurs laiteries. Il y a lieu de soupçonner que la matière électrique est la principale cause de cet effet; aussi un bon conducteur électrique, passant au milieu des laiteries, empêche ou retarde beaucoup la coagulation du lait pendant les orages.

« La crême qu'on laisse long-tems en con-tact avec l'air, présente à sa surface des mucors et bissus, tandis que celle qui se forme dans le vide n'en offre point.

« Je remarquerai que la crême recueillie dans le vide n'est jamais aussi abondante et aussi épaisse que celle qui est formée dans l'atmosphère (1) ».

« Les crêmes (de quatre vaches nourries successivement avec différens fourrages verts) mises dans des capsules de verre placés dans un endroit frais, ont contracté à leur surface une couleur jaune peu foncée ; leur consistance a augmenté insensiblement au point que le cinquième jour il était possible de renverser les vaisseaux sans que le fluide s'en détachât. A cette époque, les crêmes commencèrent à exhaler une odeur désagréable... Au bout de trente jours, chaque espèce de crême s'est couverte d'une efflorescence verdâtre, semblable à celle qu'on apperçoit sur les matières qui se moisissent. Sous cette efflo-

(1) Expériences sur les matières animales, par M. de Fourcroy, *Annales de Chimie*, tome 7.

rescence, la crême avait la saveur d'un fromage gras, et aurait pu, à la faveur de quelques grains de sel, paraître sur la table en cette qualité (1). »

La couleur bleue du lait peut-elle être comparée au duvet cotonneux bleu et blanc que jettent les fromages de Roquefort environ cinquante jours après leur salaison (2).

Ils se sont couverts auparavant d'un duvet blanc, long de six pouces, dont les filamens sont très-délicats et légèrement salés. On a d'abord raclé le duvet blanc ; on racle de même le duvet blanc et bleu ; puis il s'en forme un autre de couleur blanche et rouge.

Or quelles sont les causes de cette couleur bleue, et de son changement en rouge ?

« C'est, dit M. Chaptal, le gaz oxigène qui, se fixant, se condensant plus ou moins et en plus ou moins grande quantité, acquiert nécessairement différens degrés de densité

_____

(1) Expériences et Observations sur le lait bleu, MM. Parmentier et Deyeux, page 25.

(2) Les fromages de Roquefort sont faits de lait de chèvre et de lait de brebis.

qui le rendent propre à refranger tel ou tel rayon, selon la flexibilité de chacun d'eux; le bleu paraît le plus flexible de tous : lorsque l'air est en masse considérable, il reflète le bleu; la lumière des astres, ainsi que les ombres qu'ils forment, sont souvent bleues. M. Mariotte a démontré, en 1678, que la lumière de la lune, reçue sur un papier blanc, était bleue. La lumière d'une chandelle, reçue à travers un cristal bleu, imite celle du jour. La lumière du grand jour, réfléchie dans l'ombre par la neige, est d'un beau bleu, suivant les observations de M. Daniel Major (1). Il n'est n'est donc pas étonnant que le bleu, comme plus faible, soit le premier rayon réfléchi lorsque le gaz oxigène se fixe dans un corps pour en opérer la putréfaction. La couleur bleue qui se développe sur les fromages de Roquefort est donc un résultat bien naturel de ces principes : celle qui paraît d'abord vers l'anus de la volaille trop mortifiée; celle qui paraît sur les bords des plaies menacées de gangrène ou frappées de putrilage; et cette teinte bleuâtre qui s'empare de tout le corps

(1) *Éphém. des curieux de la nature, première Décurie.*

des cadavres noyés et ramenés à fleur d'eau, en sont encore une conséquence naturelle. De là vient sans doute que le bleu foncé et le noir se confondent, parce qu'il y a peu de différence entre la propriété de ne pouvoir réfléchir que le rayon le plus faible, et celle de n'en réfléchir aucun.

« Le rouge qui remplace le bleu dans les fromages de Roquefort est encore une suite très-naturelle de ces mêmes principes. En effet, il est prouvé par les physiciens, que le rayon rouge est celui de tous qui a le plus de refrangibilité; aussi est-ce celui qui est réfléchi lorsque la concentration et la combinaison du gaz oxigène sont plus fortes ; nous le voyons dans la calcination de la plupart des métaux, tels que le plomb, le mercure, le fer, dont les derniers degrés d'altération sont des oxides rouges; nous le voyons dans la couleur vermeille du sang évidemment produite par la combinaison de ce gaz , d'après les expériences de MM. Cigna, Priestley , etc. Il n'est donc pas étonnant que dans les fromages de Roquefort la couleur rouge succède à la bleue (1).

(*) Observations sur les caves et le fromage d

CHAPITRE IV.

Moyens de prévenir et de guérir le lait bleu.

PARAGRAPHE PREMIER.

Traitement prophilactique.

Pour empêcher ces accidens de paraître, il faudrait, 1°. nourrir mieux en hiver; 2°. faire passer par degrés les animaux à la nourriture verte, et ne la leur jamais donner d'abord en trop grande quantité.

Le javelage de l'avoine, si généralement usité, détériore la paille; l'eau qui la pénètre enlève une partie de ses sucs, et le dessèchement en fait évaporer le reste. Il faudrait s'approvisionner pour l'hiver de graines, et sur-tout de racines, telles que celles de pommes de terre, topinambours, betteraves champêtres, etc. Les vaches alors étant pleines, il faudrait bien les nourrir, tant pour elles-mêmes que par rapport à leurs fétus. Quant à la nourriture verte à l'étable, il conviendrait d'en alterner les rations avec celles de foin

Roquefort, par M. Chaptal, *Annales de Chimie,* tome 4.

et de paille, de n'en donner une nouvelle qu'après que la rumination de la précédente est achevée; par conséquent de mettre deux ou trois heures d'intervalle entre chaque ration.

On évitera que les vaches qu'on conduit aux champs ne se remplissent trop subitement la panse : on les mettra d'abord dans des pâturages moins abondans, ou bien on les laissera manger peu; après quoi on leur fixera, pendant quelques heures, un panier au museau; et l'on continuera ces moyens jusqu'à ce que l'habitude de l'aliment cesse de le rendre dangereux, ou jusqu'à ce qu'il ne soit plus en aussi grande abondance.

Cependant l'affaiblissement du poumon résulte nécessairement de la sécrétion forcée et continue du lait, ainsi que du séjour dans des étables où l'air ne se renouvelle pas, comme nous l'avons développé dans le Traité de la pommelière; par la domesticité nous condamnons sciemment des animaux à s'épuiser pour satisfaire à nos besoins, et il n'est pas raisonnable de demander à la Médecine d'apporter remède à un mal qui est absolument volontaire. Ainsi, soit que les vaches se consument et périssent de langueur pour nous donner leur lait, soit que le boucher les as-somme pour nous nourrir de leur chair, l'homme ne doit se dissimuler, pas plus dans le premier cas que dans le second, que son goût condamne ces animaux à être ses victimes. Seulement son intérêt et la sensibilité doivent le porter à les faire souffrir le moins possible jusqu'au moment du sacrifice.

PARAGRAPHE II.

Traitement curatif.

Dès qu'on s'apperçoit du lait bleu, il faut, à l'instant même, supprimer à la vache les alimens ordinaires, lui faire avaler, toutes les quatre heures, cinq à six pintes d'infusion de feuilles de sauge; et dans ce breuvage ajouter une demi-once de sel de nitre et deux onces de sel de cuisine. On lui donnera à manger un demi-décalitre de son, dans lequel on mettra une once de sel.

Le lendemain matin, la bête étant à jeun, on lui fera, à la jugulaire, une saignée de trois pintes; on donnera matin et soir un lavement de décoction de son, dans lequel

C

on mettra deux ou trois onces de sel de cuisine. Outre le son, comme il a été prescrit ci-dessus, on lui donnera la moitié de la ration ordinaire. Si le troisième ou le quatrième jour le lait n'a pas repris ses bonnes qualités, on répétera la saignée et on persistera dans le régime prescrit.

C'est une erreur de croire que la saignée faite aux vaches laitières les fasse sécher ou manquer de lait. Pratiquée dans le lait bleu, elle a toujours été suivie de succès, quand aussi-tôt après on a eu l'attention de soutenir les forces par les breuvages qu'on vient de prescrire, ou par tout autre, dans lequel entrent les amers, les aromatiques, les acides et même l'huile empireumatique. Deux gros d'acide nitreux dans une pinte d'une forte infusion de plantes aromatiques conviennent principalement dans ce cas, aussi-tôt après la saignée. La boisson ordinaire sera de bonne eau, et l'on bouchonnera les animaux deux fois par jour.

F I N.

www.ingramcontent.com/pod-product-compliance
Lightning Source LLC
Chambersburg PA
CBHW060902180626
46818CB00004B/1821